L'AMOUR RAISONNÉ

DU

ROI ET DE LA PATRIE

OFFERT EN EXEMPLE

A TOUS LES FRANÇAIS CITOYENS,

ET HONORÉ DE LA SOUSCRIPTION

DE

S. M. LE ROI DES FRANÇAIS, DU GÉNÉRAL LAFAYETTE,
etc.. etc.. etc.

PAR A. J. B. P. COURTIN,

PROFESSEUR DE LANGUES

Les champs de la valeur ont été son école,
L'adversité son lot et l'honneur sa boussole.

Prix : 2 francs.

PARIS.

CHEZ L'AUTEUR ET TOUS LES PRINCIPAUX LIBRAIRES, ETC.

1831.

IMPRIMERIE

DE

GŒSTCHY, RUE LOUIS-LE GRAND, N. 35.

L'AMOUR RAISONNÉ
DU ROI ET DE LA PATRIE

OFFERT EN EXEMPLE

A TOUS LES FRANÇAIS CITOYENS,

ET HONORÉ DE LA SOUSCRIPTION

DE

S. M. LE ROI DES FRANÇAIS, DU GÉNÉRAL LAFAYETTE,
etc., etc., etc.

PAR A. J. B. P. COURTIN,
PROFESSEUR DE LANGUES.

Si de l'Aigle il n'a point la force et le corsage,
Le Lion n'est pas moins surpris de son courage :
Très brave et vigilant, dans les Cours, les Guérêts,
Il aime et il se bat, comme font les Français.

Prix : 2 francs.

PARIS.

CHEZ L'AUTEUR ET TOUS LES PRINCIPAUX LIBRAIRES, ETC.

1831.

Les Exemplaires voulus par la loi ayant été déposés, je poursuivrai les contrefacteurs.

A. J. B. P. Coustine.

Professeur des langues Française et Anglaise.

Rue du Helder, n. 14.

Vers la saison des biens qu'il plaît à l'Eternel
D'accorder chaque année au modeste mortel,
Qui, par obligation, ou penchant volontaire,
A consacré ses jours à cultiver la terre;
Lors même que Phœbus aux rayons bienfaisans
Enrichit de ses feux les épis jaunissans;
Un Roi, par un arrêt, (1) qui fera son supplice,
A ses nombreux sujets montre son injustice;
Parjurant ses sermens par ce fatal arrêt,
D'un Frère qui régna, méconnaît le bienfait :

Bienfait, (2) en ce moment, il faut que je te nomme :
Charte, qui t'a conçue, est vraiment un grand homme;
Louis dix-huit le fut, et ce n'est pas outrer,
D'affirmer qu'à ce trait il nous faut l'admirer:
Nous, citoyens français, qui savons reconnaître
Où le mérite existe, ainsi qu'il en doit être :
Selon la loyauté. Charte, depuis seize ans,
D'un orgueilleux parti tu faisais les tourmens;
Si tu contredisais leurs projets de vengeance,
De tous les bons Français tu flattais l'espérance,
Et leur, garantissant les droits de citoyen,
Tu réprimais l'abus et propageais le bien :
Ton esprit fut un frein au pouvoir arbitraire,
En admettant qu'un frère ait ses droits comme un frère,
Pour ce même parti, c'était trop d'équité,
Lequel, de par le Roi, fait à sa volonté;
Pour lui le rang fait tout, et non pas le mérite:
C'est bien là le penser d'un être parasite!
Du système absolu, Polignac est le chef,
Ainsi dans les complots (3) on le voit derechef :
Président du Conseil, pour lui sont les ministres;
Le haut Clergé consent à tous ses plans sinistres,

Et qui ne sont pas moins que d'annuler les lois;
Fortement il se trompe une seconde fois.
De Jules Polignac, l'âme est vraiment vulgaire;
Cette erreur l'a prouvé comme la première,
Qui de loin précéda le moment glorieux,
Qui remit dans les fers ce ministre odieux :
Mais je dois résumer des faits dont l'importance,
A, pour nous éclairer, influé sur la France :
Prends-moi sous ton Égide, austère Vérité,
Afin que mes accens soient ceux de l'Équité!

Le fait est glorieux, la France belliqueuse,
Ainsi qu'elle est encore humaine et généreuse,
Souffrant depuis long-tems de l'abus du pouvoir,
De se régénérer, un jour, conçut l'espoir.
Pour atteindre ce but, qui n'était que justice,
Elle veut s'imposer le noble sacrifice,
Et le seul qui pouvait attester sa grandeur,
De regagner ses droits au chemin de l'honneur :
Le signal est donné! Aussitôt les Notables
Ont de ces mêmes droits recomposé les tables (4).

Cet ouvrage, admiré de tout le genre humain,
Embellissait le sort du Français Citoyen :
Tel il en eût été sans un destin contraire,
Qui fit de cet édit un acte sanguinaire.
Que de maux il a faits, ainsi que le serment
Juré devant la reine (5) et son royal enfant !
A ce tems la discorde s'épandait sur la France,
Pour en faire un lieu de haine et de vengeance ;
Preuves de son effet : l'horizon s'obscurcit,
Et d'un airain mortel tout Paris retentit :
Ce bruit partait d'un fort appelé la Bastille,
Que le peuple a conquis, qu'il renverse et qu'il pille. (6)

Dès long-tems de ce fort les noirs et hauts remparts,
Des Français opprimés offensaient les regards :
Ils étaient en effet, ce n'est point calomnie,
Le support du pouvoir et de la tyrannie.
Que de maux dans ses murs étaient toujours soufferts !
* Là, tout suspect périssait dans les fers :
Jeté dans un cachot et privé de lumière,
Et sa chair et ses os, y tournaient en poussière ;

* Là, chaque Etre suspect

Dans le nombre de ceux que l'on trouva vivans,
Était le vieux Latude, (7) il y souffrit trente ans!
D'éclairer son pays ayant conçu l'envie,
Pour ce fait noble, aux fers, il dut passer sa vie,
Sans y mourir son sort n'en fut que plus fatal,
Car il devait périr dans ce fort infernal,
Ayant perdu la vue en cette solitude :
Qui ne plaint le destin du malheureux Latude?
Il aurait succombé sans la prise du fort,
Et ses os enchaînés auraient prouvé sa mort!

De ce fort, les fossés, le rendaient formidable,
A le voir on eût dit qu'il était imprenable;
De Launay le croyait. C'était le Gouverneur, (8)
De ses jours il paya cette fatale erreur :
Si jamais vous rampez devant la tyrannie,
Elle augmente encor plus, car telle est sa manie,
Qu'elle croit tout bien voir, et pourtant ne voit rien :
Ses argumens sont faux, trompeur est son maintien,
Car heurtez-là de front, de hautaine et tranchante,
Bientôt on la verra timide et suppliante;

Le peuple s'en doutait et pour n'en plus souffrir,
Il s'arme, car il veut vivre libre ou mourir :
Tel est son cri de paix, tel est son cri de guerre,
Et l'aspect de ce fort excitant sa colère,
Il l'attaque soudain! De Launay tressaillit,
Et malgré ses canons, il s'émeut et pâlit,
Car il est effrayé, cédant à sa conscience;
Il veut parlementer, il consulte et balance.
Un pont-levis était en avant de ce fort,
Il dit : « Qu'il soit baissé. » Cet ordre fut sa mort !
Le peuple l'assaillit, sur ce pont il se presse,
Il en reste le maître, et de la forteresse
Courant aux prisonniers, hors des fers ils sont mis.
Pourquoi de tant d'horreurs ces faits sont-ils suivis?

L'élan sitôt donné pour servir la Patrie,
Chacun veut employer toute son industrie.
En m'exprimant ainsi, je ne désigne pas
Les hommes de haut rang, même ceux du plus bas:
Leurs partis sont au *mieux* opposés l'un et l'autre;
Mais je parle de ceux dont est formé le nôtre.

Celui qui toujours veut la Loi comme le Roi,
Et le Roi dont l'esprit est celui de la Loi,
Qui veut de son pays les succès et la gloire,
Et qui de cruauté ne souille sa victoire,
Ce Parti, ces Français en des jours désastreux,
Agiront fermement, mais seront généreux,
Et bien loin d'approuver aucun acte barbare,
Si le mal est commis, chacun d'eux le répare;
Blessant leurs ennemis à leur corps défendant,
Ils seront les premiers pour étancher leur sang.
Ce trait, oui, je l'ai vu, (9) j'aurais voulu le faire,
Des Français Citoyens tel est le caractère,
En m'exprimant ainsi, le fait que je commets
Est d'indiquer par moi cent milliers de Français.
Beau sexe (10) aussi, reçois ta part de cet hommage,
Aux plus nobles vertus s'égale ton courage,
D'un cœur sensible et bon étant le résultat,
S'il te faut le montrer, c'est dans tout son éclat.

Louis Seize gouvernait, il était populaire,
Il eût produit le bien s'il avait pu le faire;

Que dis-je ! il l'aurait fait si tous ses Courtisans
Ne l'avaient déserté comme des malveillans,
C'était alimenter du peuple la furie !
Par la mort de ce Roi, la France s'est flétrie,
Pour ce forfait un Grand est peut-être à blâmer,
Le peuple mécontent est prompt à s'enflammer,
Il l'était, et voulant gouverner et détruire,
Alors sa cruauté est celle d'un Vampire,
Son Dieu c'est la mort, et les Temples divins
Tombent pour se baigner dans le sang des humains.

Plut au Ciel, que le peuple eût seul été coupable,
Nous n'eussions point tombé dans le sort déplorable,
De gémir de malheurs qui après quarante ans,
Nous font toujours sentir l'égoïsme des Grands.
Excepté d'Orléans, tous les autres (11) s'enfuirent,
Ils en furent punis, car beaucoup d'eux périrent,
Les uns par trahison, d'autres en combattant,
Plusieurs sont en exil, le reste est mécontent.
Quant à la Royauté, par un fait politique,
La France l'abolit et devient République;

Et la Convention par un décret nouveau,
Proscrit les fleurs de Lis et leur uni Drapeau ;
Non qu'elle méconnut que très-grande est leur gloire,
Mais voulant obtenir et fixer la victoire,
Et pour mieux stimuler ses braves défenseurs,
Elle leur en offre un formé de trois couleurs.
« Des ordres de l'État, Français, il est l'image,
» Aussi de l'Union voyez en lui le gage,
» Leur dit-elle, armez-vous, qu'il flotte sur vos pas,
» Il sera votre Égide au plus fort des combats ! »
La France la comprend et sa force est doublée
Par le don National qui d'honneur l'a comblée,
Les Français depuis lors surpassent leurs aïeux,
Leur courage, en effet, est presque merveilleux.

Ainsi que dans les airs par l'effet des tempêtes,
Un souffre lumineux éclate sur nos têtes;
Le salpêtre enflammé, détonnant dans Paris,
Annonce aux Citoyens le parti qu'ils ont pris
Les Rois impérieux, et qu'il leur faut abattre,
Cet orgueil insensé qui les porte à combattre,

Ennemis et Français, chacun est dans l'espoir
De vaincre ou de mourir en faisant son devoir;
Ces derniers sont d'abord réduits à se défendre,
Mais ce qu'on leur a pris, ils savent le reprendre,
Et s'il fallait citer leurs succès, leurs revers,
Leurs périlleux travaux sur la terre et les mers,
Leur valeur et beaux faits comme leurs infortunes,
Ce serait le sujet de plus de vingt volumes.
Des Pays sont conquis, et des Rois détrônés,
Les malveillans déçus, des honneurs décernés;
Mais alors un Consul combattait pour la France,
A ce titre il devait borner sa récompense :
Ici de son destin je ne dis rien de plus,
Pour remonter au tems glorieux de Fleurus.

Vers le côté du Nord, la Patrie entamée,
Oppose aux ennemis une puissante armée;
En peu de jours elle eut des chefs et des soldats,
Qui furent des Héros au moment des combats :
Mais faut-il s'étonner des traits de leur courage,
Lorsque parmi leurs rangs il existait un sage?

Ce Sage, (12) ce Guerrier si digne de renom,
Un jour saura régner : c'est indiquer son nom.

Rarement mauvais fils est un excellent père,
Un père est-il méchant, son fils tout au contraire,
Profitant du tableau qu'il a devant les yeux,
S'en instruit et devient un homme vertueux.
Tel nous en vîmes un, alors qu'en nos provinces,
L'ennemi combattait pour protéger nos Princes,
Et brave se montrer à la fleur de ses ans :
A notre amour il a les droits les plus puissans,
Ayant, par sa valeur, à peine à son aurore,
Enlassé de lauriers le Drapeau tricolore!
Aux jeux sanglans de Mars, le traître Dumourier
L'a vu se distinguer à titre d'officier; (13)
Déjà il signalait sa future puissance,
En chassant les Prussiens (14) du beau sol de la France;
Il fit aussi couler le sang des Autrichiens,
Plus tard il épargna celui des Parisiens!

Paris enfin soumis aux lois de la concorde,
On vit s'en éloigner la terrible discorde;

Et quand à Quibéron elle entasse les morts,
Le Rhin aussi la voit ensanglanter ses bords.
Là, de deux Généraux la gloire s'est flétrie :
Pichegru, Dumourier, trahissent leur patrie,
Et font tous leurs efforts, en désertant nos rangs,
Pour qu'il en soit ainsi du jeune d'Orléans ;
Lequel à son pays très-constamment fidèle,
En augmente encor plus son amour et son zèle.
« Si je cesse, dit-il, d'en être défenseur,
» En Suisse j'irai me faire Professeur :
» Un jour si je me rends chez le peuple Hélvetique,
» A cultiver les Arts, c'est à quoi je m'applique ;
» Et loin de contribuer à nuire au nom Français,
» Je veux, par des vertus, l'illustrer à jamais. »

Mais apparaît Jourdan ! Aussitôt à sa vue,
D'espoir la Royauté se trouva dépourvue.
Jemmapes (15) lui fait voir que vaine en ses desseins,
Il lui faudrait fléchir sous les Républicains.
Toutefois elle veut continuer la guerre,
Quoique son résultat lui soit le plus contraire :

Pourtant Moreau ne peut triompher à Bibrac : (16)
Vers ce tems, à Paris se trouvait Polignac.
Récemment débarqué, venant de l'Angleterre,
Emigré non rayé, que venait-il y faire?
Absolu royaliste, et partisan du mal,
Il s'était réuni à George Cadoudal; (17)
Rivière et Léridan étaient de leurs complices;
Il espérait comme eux, aidé de leurs services,
Enlever le Consul, ou bien le mettre à mort;
Très-justement trompé dans son coupable effort,
Il se voit imposer la peine capitale,
Pour avoir comploté la machine infernale.
Reconnu criminel, c'en était fait de lui,
Si la protection n'eût été son appui :
Il subissait la mort par l'effet de son crime, (18)
Mais il a tout fixé, celui qui tout domine!
Réservé qu'il était pour un forfait nouveau,
Pour la prison à vie, il change son tombeau;
Le Consul fut clément(19) . Fait par trop ordinaire!
Le cœur de Polignac n'est que plus sanguinaire :
Ainsi, bénissons tous l'événement heureux
Qui remet dans les fers cet homme dangereux,

Et désirons qu'au moins il y passe sa vie,
Afin que des complots, il n'ait jamais l'envie.

Le Consul triomphant, il se fit Empereur;
Les Rois furent troublés tant ils en avaient peur!
Qui ne sait ses talens et son goût pour la guerre?
Pour ces faits il mourut captif de l'Angleterre (20).
Accident malheureux et non pas surprenant;
Car il était haï par son Gouvernement.
Rarement un guerrier est profond politique;
Agir, peu discuter, c'est à quoi il s'applique;
D'ailleurs Napoléon qui ne s'effrayait pas,
Veut de la Moscovie envahir les états.
Alors plus que jamais il était redoutable,
Car son armée était en tous points formidable.
Dans ses rangs on voyait Italiens, Saxons;
Il les avait soumis et bien d'autres nations!
Celle des Helvétiens, dont grande est la vaillance,
De leur dominateur avait, suivi la chance;
Mais de tous leurs alliés, c'étaient les Polonais,
Qui par leur dévoûment plaisaient mieux aux Français.

Ils partent ces Guerriers, et sûrs de la conquête,
Ils étaient tous joyeux comme en des jours de fête:
Ils étaient pleins d'espoir! Quel plus terrible sort,
Ils chantaient, et ce chant est celui de leur mort:
Par un jour étouffant apparaît un nuage,
On croit à la fraîcheur, c'est du feu, c'est l'orage:
Tel est de nos souhaits trop crédules humains,
Nous cherchons des plaisirs, et trouvons des chagrins!

L'armée court à Moscou triomphant sur sa route:
Elle en part, non battue, mais pourtant en déroute;
L'empereur fait de même, et pour prendre au plus court
Il vient, mais en traîneau, seul avec Caulincourt, (21)
Les Russes et les Chagrins le suivent sur les glaces,
Il gémit du malheur qui s'épand sur ses traces.
Et Par le sort frappé, battu des élémens,
Chaque jour par milliers il perd ses combattans:
Quel malheur! dans un fleuve il en périt vingt mille,
Au récit de ces maux, du cœur le sang distille
Oui, la Bérésina engloutit dans ses flots,
Guerriers, canons, bagage et plusieurs généraux; (22)

Mais Poniatowski (23), blessé d'un coup de lance,
Et plus tard poursuivi, dans la Saal s'élance,
Il y meurt! L'Empereur, la France en sont en deuil:
Des larmes et des lauriers ont couvert son cercueil.
Songeant à cette mort comme à son entreprise,
Napoléon frémit, car la France est conquise :
Louis dix-huit va régner! et comble de malheur,
Il veut qu'à l'île d'Elbe on garde l'Empereur,
Qui contraint, bientôt part, mais dès-lors il conjure,
Les moyens d'en sortir pour venger cette injure.
Il revient ce Héros, on le voit à Paris
S'asseoir sans coup férir (24) sur le trône des lis :
Tel on voit un coursier échappé dans l'arêne,
S'irriter, se cabrer et tomber hors d'haleine :
Tel est Napoléon luttant contre le sort,
Son Empire est perdu quoiqu'il existe encor.
Il projette et il arme, et bientôt dans la Flandre,
Sur ses fiers ennemis la Belgique il veut prendre :
Très-actif et savant il obtient des succès,
Et sans un *traître* il eût accompli ses projets (25)!
Il a tout à braver, et rien ne le rebute,
Et grand dans les succès, il est grand dans sa chûte,

Car si au Mont-Saint-Jean sont défaits ses guerriers,
Si la mort les abat, (26) c'est couverts de lauriers!
Ce jour aux ennemis pour prix de leur victoire,
A leur merci nous livre et notre territoire.
Heureux si, en entrant avec eux les Anglais
N'eussent point ramené les bourreaux des Français.
Pourtant les en blâmer serait leur faire injure,
Ne pouvant se former un si fatal augure,
Que le Comte d'Artois qui revint avec eux,
Pour en devenir un, fût assez malheureux,
Et que roi par trop faible, il prétend qu'on assomme,
Ses sujets Parisiens pour plaire à un seul homme:
S'il nous faut admirer notre brave Empereur,
Car il était puissant par sa seule valeur,
S'il nous faut déposer des lauriers sur sa cendre,
Au moins, l'équité dit, qu'il nous faut l'entreprendre:
Que faudra-t-il poser sur celle de Charles dix,
Sinon des chapelets, des *canons* et des lis?
De ce Roi, disons-le, l'erreur fut de son règne,
Voulant qu'à des abus ses sujets on contraigne:
Et il se disait Roi par la grâce de Dieu!
Mais l'Éternel peut-il consentir un tel vœu,

Si celui qui le fait n'est autre sur la terre;
Qu'un être, faux dévot, cruel en sa colère:
Peut-il vouloir qu'un Roi massacre ses Sujets,
Pour le représenter et remplir ses décrets?
Celui qui pense ainsi voit au travers d'un prisme,
Et prend pour jugement ce qui n'est que sophisme,
Et lors que vers le ciel il fait monter l'encens,
Il protège ici-bas le fourbe et les méchans :
Tels faisaient le Dauphin et son auguste Dame,
Alors que se formait la plus horrible trame,
Qui allait éclater au centre de Paris;
D'un coup d'Etat sanglant le projet étant pris.
A ce tems Polignac étant premier Ministre,
C'est lui surtout qui veut ce coup d'État sinistre;
Espérant par ce crime affermir sa grandeur;
Une seconde fois il est conspirateur.

Ce projet arrêté, paraît une ordonnance
Dont le funeste effet déshonorait la France;
Mais lorsqu'en les Conseils la Discorde agissait,
Dans les airs sur Paris, un Génie apparaît :

C'était la Liberté! Sur l'instant la Patrie
Jette un cri, sa ferveur ne s'étant point tarie :
Il fut dit qu'à sa vue, en ce moment si beau,
Du très-éloquent Foy se couvrit le tombeau,
D'un trait brillant de feu, et qu'une voix sonore
Dit ces mots : « Citoyens dont la France s'honore,
» Voulez-vous être libres, même vous illustrer,
» Vos tyrans plus long-tems, gardez-vous d'écouter,
» Levez-vous et marchez, soyez sur la défense,
» Trois jours vous suffiront pour libérer la France,
» Et vous fiant en moi selon l'ordre légal,
» Vous serez tous heureux par un Roi libéral,
» Qui vous gouvernera? Français, prenez vos armes!»
Alors spontanément, et presque sans alarmes,
Et malgré les soldats dont ils sont entourés,
Où le danger le veut, ils se sont tous rangés,
Et leur Guide est partout, le Drapeau tricolore,
Qui leur paraît plus beau qu'il n'avait fait encore,
Tandis qu'à son aspect du tyran les soldats,
Quoiqu'ils soient courageux, mettent les armes bas:
Mais déjà des milliers gissent dans la poussière,
Car la mêlée était contre eux très-meurtrière :

Suisses et lanciers, gendarmes, gardes royaux,
Sont par les citoyens abattus par monceaux;
Lors même que ceux-ci, forts de leurs barricades,
De leurs valeureux Chefs et des belles Cocardes,
Que par leur dévoûment ils ont su mériter;
De perdre autant des leurs ils savent éviter.
De fait ils sont vainqueurs, et certes leur courage,
A la postérité passera d'âge en âge,
Dans ces jours, en Héros ils se montrèrent tous:
Mais quels étaient les Chefs qui dirigeaient leurs coups?
Entre cent illustrés dans cette grande affaire,
Deux seuls je citerai, car il me faut le faire,
Étant des plus famés aux conseils, aux combats:
Lafayette et Gérard, qui ne vous connaît pas?
De ces deux Députés, quels beaux noms pour la France!
Gérard est Maréchal, juste est la récompense;
Mais moins rapidement je dirai les beaux faits
Du Guerrier surnommé le Vétéran français.

L'illustre Lafayette, en son adolescence,
Pour se faire estimer fit tout en sa puissance,

Et pour y parvenir il traversa les mers.
Qui ne connaît ce fait partout dans l'Univers ?
Chez les Américains sa personne est chérie,
Car il a combattu pour leur libre patrie.
Pour prix de sa valeur, ce peuple indépendant,
Porte à ce vrai Français le respect le plus grand.
Résidant à Paris, lors des tristes présages,
Dont l'affreuse discorde annonçait les orages,
De la garde civique il fut le fondateur ;
Il suffit de ce trait pour lui faire grand honneur.
Quelle autre renommée est égale à sa gloire?
En Juillet ayant su lui donner la victoire,
Et quarante ans après la Fédération,
Redoubler tous ses droits à notre affection ;
Pour lui dès ce beau jour elle fut si évidente,
Qu'il en eut en public une preuve éclatante : (27)
Par ce fait méconnu et maltraité des Grands,
Il sut des Citoyens leur préférer les rangs :
En agissant ainsi, c'était prouver l'adage,
Que la classe moyenne est des trois la plus sage,
Celle qui voit les faits d'un œil observateur,
Et qui choisit son roi, des princes le meilleur;

Prudente en ses desseins, et saine en sa logique,
Elle sait les dangers qu'offre une République,
Elle sait qu'un Directoire, et même un Consulat,
Ne sauraient bien régir un important État;
Tout homme de bon sens le sait d'expérience (28),
Et qu'un roi libéral seul convient à la France.
Ainsi l'ayant trouvé dans Philippe, Orléans,
L'équité l'a nommé le premier Roi des Francs.
A lui seul appartient la dignité suprême,
Car on est bien régi par le Roi qui vous aime :
Sur le pavois des Preux, au milieu des concerts,
Couronné d'olivier, portons-le dans les airs.
Près de lui pressons-nous, et qu'il soit notre Guide,
Que notre amour pour lui devienne son Égide;
Servons-le de nos bras ainsi que de nos vœux,
Et pour nous brilleront les jours les plus heureux.
Aux Chambres fions-nous, et non point aux Cabales,
Qui plus que Polignac sont anti-libérales.
Citoyens, gardons-nous de nous plus diviser,
Les peuples nos voisins sauront nous respecter :
Quand l'amour règne au cœur et des fils et des pères,
Ils sont sûrs d'obtenir les tems les plus prospères;

C'est la paix qui produit les effets les plus doux;
Par elle les beaux-arts fleuriront parmi nous.
Ainsi plus de terreur et plus d'absolutisme,
Comme plus de faux zèle et plus de fanatisme.
Si d'Orléans fut brave à peine à son printems,
Si, devenu Philippe, il reçut nos sermens,
S'il voit en ses sujets une seule famille,
Si celle qu'il forma de cent qualités brille,
S'il nous a redonné nos flatteuses couleurs,
N'a-t-il pas tous les droits à posséder nos cœurs?
Puisqu'il est notre Chef, et qu'en nous il espère
Comme en d'excellens fils le peut faire un bon père,
Pouvons-nous faire moins, après tous ces bienfaits,
De désirer que Dieu le protège à jamais?

NOTES HISTORIQUES.

(1) Cet arrêt fut l'ordonnance de l'ex-roi Charles X, et daté du 25 juillet 1830, laquelle signée par lui ainsi que par ses ministres, avilisait la France par l'esprit d'absolutisme qui en était la bâse, alors même qu'elle annulait la Charte que lui donna son frère Louis XVIII, après leur retour d'Angleterre en mai 1814, où ils s'étaient réfugiés depuis nombre d'années.

(*Cette note est de l'Auteur et Éditeur des vers, comme le seront aussi toutes celles dont l'origine ne sera point indiquée au-dessous.*)

(2) L'ex-Charte fut considérée comme un bienfait accordé par ce monarque à la nation française qu'il gouverna depuis cette époque jusqu'à sa mort, c'est-à-dire, pendant l'espace de dix ans, à l'exception d'un interrègne de cent jours et qui eut lieu en 1815.

(3) En effet, Jules de Polignac (prince de naissance) fut conspirateur en février 1803 (nivose an 3). C'est ce qui sera suffisamment démontré par la suite de ces notes.

(4) L'assemblée nationale formée des Français supposés être les plus notables d'entre ceux des trois ordres de l'état :

la noblesse, le clergé et le tiers-état, s'empressa de décréter les droits de l'homme; mais cet ouvrage tout admirable qu'il était ne pouvant l'être autant qu'il l'aurait fallu, et qu'il l'aurait été si dès-lors il n'avait existé un trop grand nombre d'individus intéressés à en arrêter le cours devint par cette cause surtout, la boîte de Pandore pour la France, sinon même pour l'Europe et le monde entier.

(5) Peu après le célèbre serment du Jeu de Paume à Versailles, fait par la plus grande partie des membres des trois ordres de l'état, Marie-Antoinette, reine de France, se rendit à l'orangerie du château de cette ville pour y recevoir celui des gardes du corps qui s'y étaient assemblés à cette intention. Là, leur dévoûment à la cause royale fut des plus manifestes.

(6) Vers le commencement du mois de juillet 1790, la Bastille qui n'était rien moins qu'un fort surmonté de crénaux et flanqué de tourelles à chacune des extrémités de ses quatre faces, tandis qu'il était encore défendu par de larges et profonds fossés pleins d'eau; fut cependant attaqué par une masse considérable d'individus en grande partie composée de ceux des classes inférieures, auxquels s'étaient joints quelques militaires de ceux nommés Gardes-Françaises, ce qui ne contribua pas peu à les rendre d'abord victorieux et ensuite féroces, comptant que par l'effet de leur conquête sur l'opinion publique, qu'ils obtiendraient l'impunité de tous les excès auxquels ils se livrèrent après.

(7) Aussitôt après la prise de la Bastille, les vainqueurs

mirent en liberté tous les prisonniers qu'ils y trouvèrent, et ils parurent vivement touchés de l'état de misère dans lequel ils étaient, mais surtout en faveur d'un vieillard à figure pâle et cave, dont les cheveux blancs comme la neige flottaient sur les épaules et dont la barbe de même couleur, était d'une longueur si démesurée qu'elle lui couvrait la poitrine. Toutefois les marques de compassion qui lui furent prodiguées, le furent moins en raison de son aspect noble, quoiqu'il fut en quelque sorte dégradé par la captivité, que par ces paroles inattendues et touchantes qu'il adressa aux hommes ses libérateurs qui l'aidaient à marcher, aussitôt que ses yeux presque éteints par l'âge et la souffrance furent frappés de la lumière : Ah! mes amis, rendez-moi mon cachot, ce jour me blesse trop?

(8) Le marquis de Launay craignant d'être forcé et assassiné dans la Bastille par le peupl e irrité, qui battait ce fort en bréche avec du canon, se rendit près du pont-levis qui était en avant de son entrée, et ordonna qu'il fut baissé afin d'entrer en pourparler avec ses assaillans qui aussitôt que cet ordre fut exécuté se précipitent dessus, alors de Launay tâche d'y rentrer; mais poursuivi et arrêté il est entraîné par les plus furieux d'entre eux à la place de Grève où ces barbares le devint aussi pendent à une lanterne. Cet acte d'injustice et de cruauté le sort de la plupart des infortunés soldats qui furent trouvés dans la Bastille après que le peuple s'en fut rendu maître.

(9) Le 28 juillet 1831, étant à Paris depuis peu de jours, et me trouvant dans l'obligation d'être de retour, à jour fixé, au nord de Londres, je me rendis au bureau des voitures de

Paris à Rouen, tenu par le sieur Mainot, rue Montmarte, au coin de celle de la Jussienne, afin d'y retenir une place pour partir le soir à onze heures, mais non sans avoir auparavant dit ce même jour au sieur A. G., rue Vivienne n° 28, en le prenant par le bras : Allons mettre nos uniformes, car il n'y a que la Garde Nationale pour sauver Paris? Alors il pouvait être de midi à une heure, et comme le bruit public était que Rouen était en complète anarchie populaire, et que ma femme et ma fille y demeuraient et seules près l'une des barrières. J'y retournai en toute hâte vers quatre heures de l'après midi, afin de savoir si la voiture partirait le soir : le fait étant très-douteux en raison des barricades, ainsi que du dépavement des rues. Au moment où j'arrivai pour une seconde fois à ce bureau, on se battait dans ses alentours. J'y entre donc précipitamment, et à l'instant même où un individu demandait à la dame Mainot de lui donner une couverture pour jeter sur le blessé qui venait d'expirer. Eh quoi! Madame, lui demandai-je, avez-vous des blessés ici? — Oui, Monsieur, en voici deux là sous le hangard. J'y cours pour faire nombre parmi une douzaine d'hommes bien couverts et fort humains sans doute, puisque le blessé qui vivait encore, avait déjà le genou droit pansé avec le mouchoir blanc de l'un d'eux, tandis qu'un citoyen baissé vers lui en plaçait un autre sur la poitrine de cet infortuné entre sa chair et son linge, et du même côté. Ce malheureux dont l'avant corps et la tête étaient élevés, et dont la figure à moustaches exprimait la douleur, put éprouver en outre toutes les angoises que peut faire endurer la cruauté de l'action dont il a été menacé, et dont il est à croire qu'il aurait été la victime sans les citoyens français qui l'entouraient et moi-même. Voici le fait : Comme j'étais arrivé le dernier de ceux présens et à l'entour de lui, ce fut moi qui aperçus le premier un homme à figure couverte de sueur, et de je ne sais quoi, dont les bras nus et nerveux prouvaient que ses travaux journaliers étaient ceux d'un homme de peine, tandis que la proéminence de leurs muscles décelaient que tout récemment il s'était livré à de rudes travaux. En effet, chacun put juger à la pince de fer qu'il tenait à deux mains élevée dessus sa tête, qu'il s'était occupé au dépavement de la rue Montmartre près de la cour où nous nous trouvions. Jusqu'alors je n'avais rien à dire à cet homme, mais s'étant avancé rapidement en vociférant qu'il était (*Francès lui !*) Je me doutai de quelle nation était le malheureux blessé et que l'intention de mon trop dévoué compatriote était de l'envoyer *ad patres*. Je l'arrêtai donc de mon bras gauche, et comme cet obstacle n'excitait que plus sa fureur, son éclat attira l'attention des citoyens présens, et notre belliqueux Français s'en retourna prouver sa vigueur et sa colère aux pavés de la rue Montmartre.

(10) Qui ne connaît les beaux faits d'armes des Jeanne-d'Arc, des Jeanne Hachette, etc., et qui, en lisant les faits suivans, peut s'empêcher d'admirer les femmes vertueuses et courageuses qui y ont donné lieu et n'en montrer que plus d'intérêt envers le beau sexe? Si l'action toute d'amour conjugal et patriotique de l'Héroïne des trois jours, habillée en homme et combattant à côté de son mari, a des droits à notre admiration : doivent-elles être de moindre intérêt pour toute personne douée d'un cœur sensible et honnête, celle de Mme Lavallette, et surtout de Mademoiselle de Sombreuil? il est à croire que non, ne fut-ce qu'en considérant seu-

lement, que l'abbé Delille et même Légouvé, je crois, l'ont mentionnée dans leurs immortels écrits : toutefois, comme cette action est peut-être celle qui montre le mieux toute l'excellence du cœur humain dans les femmes; je me fais un devoir de la rapporter ici, car on ne saurait trop propager les bons exemples.

Lors des massacres des 2 et 3 septembre 1792, an II de la république, mademoiselle de Sombreuil en étant informée, court à la prison de l'Abbaye, où était renfermé son père, espérant qu'il lui suffirait de sa beauté et de ses larmes pour toucher *messieurs* les membres exécutans du peuple *souverain* : mais les tigres n'ont des yeux que pour la chair et le sang! Toutefois mademoiselle de Sombreuil s'étant jetée dans les bras d'un vieillard, au moment où il dépassait le seuil de son tombeau vivant, pour n'y plus rentrer (à ce que j'aime à croire mort ou vivant), un des misérables, déjà prêt à le frapper, crut peut-être que s'il devait faire deux victimes du père et de la fille, que ce ne devait pas être du même coup et il veut arracher celle-ci des bras de M. de Sombreuil; mais qu'il est fort, le faible enfant qui défend la vie d'un père vertueux et infortuné! Si elle tombe, c'est en serrant toujours de ses bras délicats, mais inséparables, le vénérable auteur de ses jours, et quoique tous les deux soient agenouillés dans le sang, les barbares sont impassibles, quoique immobiles. Cependant l'un d'eux, touché, ou plus probablement ennuyé d'une telle scène, qui, toute nouvelle et peut être amusante pour lui et leurs semblables, suspendait ses nobles travaux, lui dit : Bois de ce sang et ton père sera sauvé? — Homme généreux, répond l'héroïne de la tendresse filiale, et sa belle tête se plonge dans le sanglant et horrible breuvage!!!

(11) Louis XVI, influé par la majorité des Notables ou États-Généraux, exigea de ses Frères et du prince de Condé, qui s'étaient fortement prononcés, qu'ils sortissent du Royaume : les ducs de Bourbon et d'Enghien suivirent leur sort, etc.

(*Mémoires de M. le marquis d'Equivilly.*)

(12) Napoléon a dit, étant à Sainte-Hélène : « J'envie le sort du duc d'Orléans, il est aimé des Français et la *sagesse* de sa *conduite* forcera l'*Aristocratie* à l'aimer aussi; et il mettra une fin aux misères et aux troubles du peuple, etc.

(*Extrait du journal* the Times, *du* 29 *décembre* 1830.)

(13) Entre autres belles Actions, il ne faut passer sous silence, celle à laquelle Louis-Philippe d'Orléans donna lieu au moulin de Valmi, où il resta toute une nuit, ferme à son poste, sous le feu d'un ennemi très-supérieur en nombre et dont les projectiles furent si pernicieux à ce moulin, que d'Orléans, qui commandait ce poste, fut obligé de le faire abattre, quoiqu'il restât exposé au feu de l'ennemi et sans aucun abri, dans la crainte d'être enseveli pour jamais, lui et sa troupe, sous les décombres de ce même moulin.

(14) Peu de tems après l'exécution de Louis XVI, l'Empereur d'Allemagne et le Roi de Prusse armèrent contre la France, et les armées Prussiennes le firent d'abord avec tant de succès, qu'elles s'avancèrent jusqu'en Champagne, d'où elles se retirèrent bientôt, et jusqu'au delà de ses frontières, en conséquence des nombreuses victoires gagnées par les armées Républicaines, parmi lesquelles on distingue celles de Fleu-

rus et Jemmapes, etc., et ce fut vers ce tems que les deux généraux français Pichegru et Dumouriez passèrent aux ennemis.

(15) La bataille de Jemmapes est célèbre, non-seulement par son résultat glorieux et avantageux pour la France, mais encore par l'usage que les Français y firent de Ballons, pour mieux découvrir la position des armées ennemies.

(16) Après l'échec que Moreau, qui commandait en chef l'armée Républicaine, reçut à Bibrac, il dit, en parlant de celle des Émigrés, nommée de Condé : « Sans cette poignée d'émigrés, j'aurais été vainqueur. »

(*Mémoires de M. le marquis d'Equivilly.*)

(17) George Cadoudal, capitaine dans l'armée Vendéenne, était le chef agissant du complot, formé en Angleterre par des Français de haut rang, dont le résultat était d'enlever le Premier Consul Bonaparte, ou de le mettre à mort par l'effet de l'explosion d'une machine combustible, nommée infernale. En effet, elle eut lieu cette explosion, mais sans autre fâcheux événement que d'ébranler vingt maisons de la rue Saint-Nicaise, et de tuer ou blesser environ soixante personnes : voir pour tout autre détail, tous les journaux de cette époque : Quant à G. Cadoudal, il fut jugé et condamné à périr sur l'échaffaud, ainsi que plusieurs de ses complices. Cependant la punition du prince de Polignac et celle de son frère, fut commuées en celle de la prison à vie.

(18) Ce crime fut, comme il vient d'être indiqué, d'avoir pris part au complot de la Machine Infernale, dont l'explosion eut lieu le 5 nivose, an III, vers les huit heures du soir et au moment où le Premier Consul passait en voiture rue Saint-Nicaise, allant à l'Opéra.

(19) L'exellente Joséphine de la Pagerie, veuve du comte de Beauharnais, et femme du premier consul Bonaparte, ayant cédé aux instances de madame la comtesse de Polignac, fut ainsi que cette dame se jeter aux pieds de son illustre époux : Le Consul fut clément, comme il a été dit.

(20) Si l'on ne peut dire que Napoléon Bonaparte soit mort en Angleterre, au moins il est certain qu'il mourût sur la stérile et mal saine Ile de Sainte-Hélène, une de ses colonies, en vrai grand homme.

(21) Caulaincourt, son grand Ecuyer, et qu'il affectionnait beaucoup.

(22). Après la défection de la plus grande partie des Alliés de Napoléon. Le reste de sa brillante et valeureuse armée, ou plutôt ses débris, arrive *enfin* au bord de la *Béresina*, poussés d'une nuée de Cosaques lesquels étaient suivis et soutenus des armées Russes, marchant en bon ordre. Le danger était imminent pour les Français, et comme il pouvait cesser, cette rivière les séparant de leurs ennemis les plus barbares, ils la traversent donc, mais en laissant vingt mille des leurs dans cet humide et funeste passage.

(23) Après la mémorable bataille de Leipzick, dans laquelle les Français eurent à résister contre plus de 400,000 hommes exités à la vaillance, non-seulement par le souvenir de nos récentes défaites, mais encore par la présence de leurs souverains, au nombre de six ou sept; l'armée Française qui ne comptait plus alors que de braves Polonais parmi elle, arrive désorganisée au physique et au moral, sur le bord de la *Saal*, et près d'un pont dans la direction de Lindeau : la tête de l'armée se précipite dessus, mais hélas! il avait déjà été rompu par le malentendu d'un sous-officier, et une fois qu'elle y est entassée pêle-mêle, elle ne peut résister à la masse confuse qui la suit, et la fait disparaître, pour rouler dans son tombeau: toutefois, ce n'est point sur ce pont trop fatal que périt Poniatowski, l'espoir des braves Polonais, car il les eut gouvernés, si l'armée Française eut pu entrer une seconde fois à Varsovie victorieuse comme elle l'avait fait la première.

Averti du désastre qui se passait sur ce pont, et qu'il n'était pas praticable, blessé, perdant son sang et poursuivi de près, il pousse son cheval dans la *Saal*, qui fougueux s'embarasse dans les roseaux des bords de ce fleuve, et périt en causant la mort de son loyal et trop infortuné maître.

(24) Napoléon, débarqué à Fréjus, venant de l'île d'Elbe, le 1er mars 1815, arriva au château des Tuileries, avec un petit nombre de ses gardes, et sans qu'il lui eût été nécessaire de leur faire tirer un seul coup de fusil. De toutes ses victoires celle ci fut sa plus belle.

(25) Ce traître, ce général, s'il ne faut autrement le nom-

mer, on peut au moins dire qu'il est à désirer que son fils, ou ses fils déjà illustrés aux champs de batailles, puissent se pénétrer de cette vérité : Que si un homme peut quelquefois s'enrichir par l'effet d'une trahison, qu'il ne peut espérer de gagner par elle l'opinion publique, la plus précieuse des fortunes.

(26) Qui n'a point entendu parler du général Cambronne et de ces paroles qu'il dit, lors de la bataille du Mont-Saint-Jean ? « La Garde meurt, mais ne se rend pas !

(27) Le 14 juillet 1790, le commandant de la garde nationale, l'illustre Lafayette fut enlevé de son cheval et porté en triomphe : l'amour du peuple fut pour lui si manifeste en ce grand jour de la Fédération, que plusieurs individus baisèrent ce même cheval, dont la queue était décorée d'une cocarde tricolore.

(28) Hélas ! qui ne sait tous les désordres qui prirent leurs sources de ces différens modes de Gouvernement, même de celui de l'Empire ? Ils furent si importans, et leurs effets si funestes à la France, qu'il ne faut pas s'étonner s'ils y ont encore des partisans, les méchans et les ignorans étant, ainsi que les poisons, de tous les pays, et comme le but de ces substances est de tendre à la destruction de tout ce qui est en contact avec elle : Citoyens, gardons-nous de *nous plus diviser*, pour notre propre sûreté, l'honneur et la prospérité de notre belle patrie ? Ainsi, vive longtems notre Roi citoyen, ainsi que ses augustes Rejetons, dans l'espérance qu'ils sauront lui ressembler.

IMPRIMERIE DE GOETSCHY, RUE LOUIS-LE-GRAND, N. 35.

www.ingramcontent.com/pod-product-compliance
Ingram Content Group UK Ltd.
Pitfield, Milton Keynes, MK11 3LW, UK
UKHW020419220726
13923UKWH00005B/2050